Mark Sarg

Der Papst als Nachtigall

Mark Sarg

Der Papst als Nachtigall

Bizarre Kurzgeschichten

Goldene Rakete Verlag für Belletristik

Imprint

Cover image: www.ingimage.com

Publisher:
Goldene Rakete Verlag für Belletristik
is a trademark of
International Book Market Service Ltd., member of OmniScriptum Publishing Group
17 Meldrum Street, Beau Bassin 71504, Mauritius

Printed at: see last page
ISBN: 978-620-2-44518-4

INHALTSVERZEICHNIS

DAS HOLPRIGE GESCHÖPF

Ein Geschöpf war so holprig, dass es in einem fort zusammenzuklappen drohte.

Doch sobald jemand leichtsinnig genug war, seine allzeit ausgestreckte Hand hilfreich zu ergreifen, machte es seine Drohung wahr, klappte – ***über ihm*** – zusammen – und nahm ihn mit in den Tod.

Um gleich darauf wieder allein – noch eine Spur **holpriger** womöglich – zurückzukehren ...

DER SINNESWANDEL

Kurz vor dem erwarteten Tode erfüllte sich Sir Dagobert Krautschopf noch einen lang gehegten Herzenswunsch und ließ sich von Maestro Damiano Hundsbartl in Florenz porträtieren.

Als das Bild fertig war, gelangte er jedoch zur Einsicht: „Eigentlich schade, dass **so jemand *sterben*** soll!“

Und er lebt noch heute.

DIE WECHSELSEITIGE VERWITWUNG

Zwei Verwitwete heirateten zwei Witwen.

Nachdem sie sich hinreichend amüsiert hatten, kamen sie überein, einander **abermals** eine Gefälligkeit zu erweisen – und sich **erneut** wechselseitig zu verwitwen ...

DAS VERWECHSELBARE GESCHÖPF

Ein Geschöpf war so verwechselbar, dass man es prompt ständig und überall verwechselte.

Mal hielt man es für eine Putzfrau, nur weil es einen geschmacklosen Hut trug, dann für einen Gelehrten, weil es drei Brillen – eine über der Nase, eine hochgeschoben über der Stirn und eine aus der Brusttasche ragend – mit sich führte.

Mal hielt man es für einen Zahnarzt, weil es ein Gebiss (nämlich seines) in der Hand hielt, dann wiederum für seine eigene Tante, weil es an jenem Tage auch genau so aussah.

Mal hielt man es für einen Sittenstrolch, weil es keine Unterwäsche trug – wie der Pfarrer bei einem routinemäßigen Kontrollblick unter seinen Rock feststellte. Dann wieder für einen Bischof, weil es feierlich einen Kelch voll Hostien (den es in der Kirche klaute) in seinen Klauen trug.

Mal hielt man es für einen Scharfrichter, weil man es mit einem Kopfe unter dem Arm antraf – den es allerdings angeblich in seinem Garten gefunden hatte und auf der Polizeiwache abzuliefern im Begriffe war. Dann wiederum für die heilige Mutter Gottes, nur weil es ein Kind mit sich herumtrug, das es auf „nicht natürliche Weise“ empfangen hatte – und dessen es sich sehr bald wieder auf höchst ***un***heilige Weise entledigte, da sie beide ständig von Passanten mit fanatischen Küssen auf alle nur möglichen und ***un***möglichen Körperpartien traktiert worden waren.

Sogar für einen ungezogenen, entarteten Rüpel hielt man es, bloß weil es ein politisches Amt anstrebte – und für ein Wesen von einem anderen Stern, weil es sich beim Finanzamt ausdrücklich und in aller Form für die „so prompte und verlässliche" Steuervorschreibung bedankte.

Auch einen Polizisten sah man in ihm, weil es harmlosen Bürgern auf der Straße die Ausweise abverlangte – nur um sich beruhigende Gewissheit zu verschaffen, wie unvorteilhaft ***sie*** auf den Fotos getroffen waren.

Und schließlich verwechselte man es gar mit einem **Heiligen**, nur weil es gebückt ging und ein Kreuz trug. Als man aber auf den Boden vor ihm sank, um seine nackten Zehen zu küssen, merkte man mit Empörung, dass die Nägel extralang und spitz, und violett lackiert waren. Worauf man es als Dämon „entlarvte" und davonjagte.

Doch voll geballter Kraft und Zorn kehrte es zurück, sodass man meinte, es wäre ein **Tornado**, und in Panik aus der Stadt flüchtete.

Es wäre sicher aufschlussreich, zu wissen, womit das Geschöpf bei seinem ***Tode*** verwechselt wurde – wenn es denn überhaupt je gestorben ist ...

DAS UNVERWECHSELBARE GESCHÖPF

Ein Geschöpf war von solch hehrer ***Un***verwechselbarkeit, dass man es mit wirklich niemandem verwechseln konnte. Nicht einmal mit ihm selbst – und dies hat wahrhaftig etwas zu bedeuten; werden doch die allermeisten Geschöpfe mit sich selbst verwechselt, ohne jemals sie selbst ***gewesen*** zu sein!

Das Geschöpf konnte demnach nur **göttlichen** Ursprungs sein.

Aber dies sind ja bekanntlich alle anderen auch – und das ist wohl der Pferdefuß bei der Geschichte ...

DIE DESOLATE LEICHE ODER

DIE TRÖSTLICHE ERKENNTNIS

In einem solch ***desolaten*** Zustande befand sich die ehemalige Mrs. Hillary Schlemmermichl mittlerweile, dass sie zur tröstlichen Erkenntnis gelangte:

„Wirklich ***gut***, dass ich tot bin; zu etwas ***anderem*** wäre ich in meiner Verfassung ohnehin nicht nutze!“

DIE UNERBETENE FÜRBITTE

Früher bloß Dorfpfarrer in Krautkirchen, verhält sich Ehrwürden Franziskus Hinterspeck seit seinem Tode noch viel päpstlicher als der Papst.

Von früh bis spät kniet er abwechselnd im Sarg und vor dem Frisiertisch und bittet und betet, dass es ihm niemals schlimmer ergehen möge als heute – und dass vor allem auch die ***übrige*** Menschheit möglichst rasch **denselben** „seligen“ Zustand erreiche.

Da er in seiner beharrlichen Fürsprache nicht und nicht lockerlässt, steht zu befürchten, dass diese irgendwann auch tatsächlich Früchte trägt. Ob einem dies nun passt oder nicht...

DIE TANZENDE LEICHE

Eine Leiche liebte es, sich nur im **Tanze** zu bewegen.
Selbst ***ohne*** Musik war das für sie der reinste Segen.

Der Grund hierfür ist freilich leicht erklärt:
Früher hatte ein ***Holz***bein ihr dies erschwert!

DAS GÖTTLICHE IM MENSCHLICHEN

„Das ist das ***Göttliche*** im Menschlichen, dass Letzteres so ***trefflich*** schmeckt!“

So das Credo eines erlauchten Kannibalenbischofs – der sich selber als **Gottheit** verehren ließ, um durch die dargereichten Opfer stets ausreichend für alle Festgelage versorgt zu sein ...

DAS MENSCHLICHE IM GÖTTLICHEN

„Dies ist das ***Menschliche*** im Göttlichen, dass es etwas derart ***Un***vollkommenes wie den Menschen schuf", schrieb der spätere Philosoph Dr. François Nebelteufel bereits als Junge in einem Aufsatz für den Religionsunterricht.

Wegen „frühzeitiger Göttlichkeit" flog er daraufhin von der Schule und landete für den Rest seines Lebens hinter Klostermauern.

DIE ENTARTETEN LEICHEN

Eine Leiche war so entartet, dass sie nicht den **geringsten** Anstand besaß und sich ganz schamlos fortwährend unter ***Lebenden*** bewegte. Sie besuchte Theater, Revuen, Konzerte, und war in den erlesensten Konditoreien ein häufiger, wenn auch nicht gern gesehener Gast.

Und wenn ihr jemand, was immer **wieder** mal passierte, voll Empörung ihr nicht konformes Gebaren vorwarf, „beförderte" sie ihn kurzerhand zu ***ihres***gleichen, indem sie ihre knöchrigen Finger liebevoll in seinen Rachen steckte und von innen seine Kehle kitzelte.

So ***wimmelt*** es mittlerweile geradezu von entarteten Leichen – wie man etwa beim Besuche eines Jahrmarkts, eines Kaufhauses oder gar während einer U-Bahn-Fahrt zur Stoßzeit unschwer feststellen kann ...

THEOLOGISCHE ERMITTLUNGEN

Die theologischen Ermittlungen der kirchlichen Behörden ergaben, dass es Gott tatsächlich gibt, und seine Anschrift vermutlich irgendwo im Himmel zu suchen sei.

Um dieses Ergebnis möglichst ***glaubhaft*** zu untermauern, führte man sogleich den Beichtstuhl und den Scheiterhaufen ein.

DIE TRIEBHAFTE LEICHE ODER

DIE ENTTÄUSCHENDE REGENTSCHAFT

Eine Leiche war dermaßen triebhaft, dass wirklich **niemand** vor ihr sicher war. Bereits mehrerer Friedhöfe strafverwiesen, weil sie dort Gefährtinnen wie Besucher gleichermaßen drangsalierte, und an anderen, „vitaleren" Orten auch nicht gerade herzlich erwünscht, wusste sie bald nicht mehr, wohin.

Da hielt sie kurzerhand Einzug im Parlament – wo sie sich prompt im Nu an jedem einzelnen Abgeordneten so „nachhaltig" vergangen hatte, dass dies zur Auflösung des Nationalrats und in der Folge zu Neuwahlen führte – die völlig überraschend ***sie*** gewann! Vermutlich ihres „enormen Durchsetzungsvermögens und ihres wahrlich beeindruckenden, ungezügelten und zeitlosen Temperamentes" wegen, wie ein angesehener Politologe fassungslos zu erklären suchte. Oder einfach nur, weil sie „so gründlich **aufräumte** im Hohen Hause", wie ein weniger angesehener Populist etwas gewagter spekulierte.

Bald zur **Staatspräsidentin** vereidigt, hielt sie nun aber mit der Bürde des Amtes plötzlich auch ihre Triebe erstaunlich gut unter Kontrolle – sodass sie ihr Land mit großer ***Schicklichkeit*** zu regieren strebte.

Worauf sie enttäuscht abgewählt wurde – und auf einem weiteren Friedhof landete. Diesmal endgültig.

DIE HIMBEERLEICHE

Lord Austin Magerwurm bettete sich unter einem Himbeerstrauch zur letzten Ruhe – in der Hoffnung: „Wenn ich nur lange genug hier ausharre, komme ich vielleicht doch eines Tages wieder als Himbeere zur Welt."

Erdbeeren mochte er nämlich ganz und gar nicht!

DAS HEILIGE KANINCHEN

„Alles bloß Kaninchenfutter!“, schnaubte ein hungriger Teufel verächtlich, als er auf dem Kirchenaltare einen Kelch voller geweihter Hostien fand.

Gierig verschlang er sie dennoch – und hopst seither als „heiliges Kaninchen“ auf den Schößen von Bischöfen und Kardinälen herum.

DIE UNFEHLBARE LEICHE

Eine Leiche, der man dies durchaus nicht immer anmerkte, war sich gleichwohl selber mit absoluter ***Gewissheit*** ihres Zustandes bewusst – und schloss daher auch jeglichen diesbezüglichen Irrtum aus.

Völlig zu Recht. War sie doch ***Papst*** – und somit selbstredend ***un***fehlbar!

DIE TAPFERE KREATUR

Eine Kreatur war so tapfer, dass sie ihren Anblick im Spiegel mühelos ertrug, ohne auch nur mit der Wimper zu zucken. Sie hatte im Übrigen gar keine Wimpern.

Auch wurde sie niemals rot, denn in ihren Adem pulsierte überhaupt kein Blut.

Nicht einmal **verlegen** wurde sie, denn sie ***entbehrte*** jeglichen Gefühls.

Sie besaß eigentlich nur eines, und das dafür im Übermaß: Tapferkeit. Und dies alleine machte sie zum Oberbefehlshaber der Armee.

Und anschließend – als Karriere***höhepunkt*** – zum Einwohner eines überaus komfortablen Ehrengrabes auf dem Heldenfriedhof.

DER PAPST ALS DOSENFUTTER

Immer wieder sinnierte Papst Kuchenwurm der Schmächtige, wie er wohl – im Gegensatz zu seinen Vorgängern – seine physische Hülle auch **nach** dem Ableben noch einem wirklich **guten** Zweck zuführen könne.

Und verfügte schließlich, dass man ihn dann zu Dosenfutter verarbeite.

Allerdings brach nach der Verfütterung unter den bedauernswerten Tieren die Maul- und Klauenseuche aus …

DER PAPST ALS DRESCHFLEGEL

„Du ***kannst*** mich mal, du alter Dreschflegel!“ Soweit die trotzige Reaktion Satans, als ihn Papst Ziersack der Zickige zum wiederholten Male abblitzen ließ.

Als er aber am Ende dennoch bei ihm landete – machte er von dem verlockenden Angebot freilich **ausgiebigst** Gebrauch …

DER PAPST ALS BINDFADEN

Als schieren „Bindfaden des Glücks" verstand sich Papst Hupfbart der Prächtige während seiner gesamten Amtszeit.

Und in der Tat empfing ihn Luzifer danach, ***außer sich*** vor Glück, mit einem überschwänglichen Freudenkuss!

DIE GÖTTER IN SCHWARZ

Eine Umfrage unter den Lesern mehrerer seriöser Tageszeitungen förderte eine überraschende Trendwende zutage: Nachdem jahrhundertelang die „Götter in Weiß“ (die Ärzte) das höchste Ansehen genossen hatten, nehmen nunmehr erstmals die „Götter in Schwarz“ (die Bestattungsunternehmer) diesen Rang ein.

Die Gründe hierfür liegen indes klar auf der Hand. Während die Ersteren prinzipiell dazu neigen, einen (fälschlich) in Sicherheit zu wiegen, falls man ihrem Rate folgt (oder Unheil heraufzubeschwören, falls nicht), Sachverhalte zu verschleiern, falsche Versprechungen abzugeben und, vor allem natürlich, immer wieder ***Fehl***diagnosen zu stellen – trifft all dies eben auf die Letzteren absolut ***nicht*** zu.

Und selbst die Rückfallsquote (ins Leben) ist in ***ihren*** Händen vergleichsweise gering.

Doch soll an dieser Stelle nicht verschwiegen werden, dass es durchaus böse Zungen gibt, die behaupten, die beiden Fraktionen arbeiteten Hand in Hand ...

DAS VERSEUCHTE GESCHÖPF

Ein verseuchtes Geschöpf ging in die Politik, weil es meinte, anderswo in seinem Zustande nicht unterzukommen.

Und prompt machte es im Nu Karriere als „hochkarätiger Seuchenexperte“ ...

DAS VERSCHEUCHTE GESCHÖPF

Ein verscheuchtes Geschöpf kehrte lästigerweise immer zurück. Man konnte es einfach nicht **wirklich** verscheuchen.

Man hatte allerdings auch kein ***Recht*** dazu ...

DIE DELIKATESSLEICHE

Schon zu Lebzeiten ein fulminanter Feinspitz, ließ sich Monsieur Gaston Floribouche auch für seinen Tod etwas ganz besonders Delikates einfallen.

Er verfügte testamentarisch, dass man ihn in eine exquisite, schmackhafte Marinade lege und sodann auf einem Silbertablett den Chefköchen jener drei Luxusrestaurants, in denen er am **liebsten** speiste, „als Ausdruck ewiger Verbundenheit zur sinnvollen, beliebigen Weiterverwendung" reiche.

Seine Entscheidung scheint indes bloß auf den ersten Blick klug und bedacht; gerieten doch die Köche darüber, ***wer*** ihn nun in seinem Lokale kredenzen dürfe, in derart **wilde** Rage, dass sie sich gegenseitig zerfleischten.

Und der edle Selbstspender landete, der Bestimmung eines wohlmeinenden, aber kulinarisch völlig unbedarften Testamentsvollstreckers zufolge, in einem drittklassigen Touristengasthof – wo er allerdings als Horsd'oeuvre für eine hungrige und lärmende asiatische Reisegesellschaft ohnehin nicht ***lange*** zu „leiden" hatte ...

UNBESCHREIBLICHE ZUSTÄNDE

Unbeschreibliche Zustände herrschen nach Meinung zahlloser ausgewiesener Experten im Jenseits vor.

Und übereinstimmend wird bekräftigt: Diese lassen sich leider ***wirklich*** nicht beschreiben ...

DER TAPFERE ZINNSOLDAT IM KARDINALSORNAT

Kardinal Julius Damenbischer war von solch ausgeprägter Tapferkeit, dass er sich trotz eines ausgesprochen anrüchigen, ja schändlichen Lebenswandels weder vor Gott, dessen Vergebung ihm ja ohnehin sicher schien, noch dem Teufel auch nur im Geringsten fürchtete.

Er konnte es, ganz im Gegenteil, kaum erwarten, in die Hölle zu gelangen – um „denen" zu zeigen, welch „Teufelskerl" ***er*** war.

Und als er dann endlich dort eintraf, wirkte seine so demonstrativ und geradezu **obszön** zur Schau gestellte Tapferkeit bald dermaßen **demoralisierend** auf die übrige Sünderschar, dass ihn der Teufel zur Strafverschärfung kurzerhand auf die Erde zurückversetzte.

Als „tapferer Zinnsoldat im Kardinalsornat" befindet er sich seither auf dem Nachttisch des Dorfgeistlichen von Sauhausen. Und wann immer diesen der Mut verlässt, scheut er nicht davor zurück, sein „Maskottchen" kräftigst zu drücken und zu drangsalieren …

DAS VERTRAUTE GESCHÖPF

Ein vertrautes Geschöpf versteckte sich in den Pantoffeln von Pfarrer Flavius Rosenkranz – und biss ihn, als er morgens hineinschlüpfte.

Voller Überschwang bedankte er sich hierfür, kniete hin und bekreuzigte sich.

Denn er hielt es für den lieben Gott – weil es ihm so **vertraut** war ...

DAS VERGESSENE GESCHÖPF

Ein vergessenes Geschöpf wachte in der Pariser Metro auf und hatte ganz vergessen, ***wer*** es dort vergessen hatte. „Macht nichts. Paris ist immer eine Reise wert!“, tröstete es sich.

Und vergaß dabei so nebenbei auch völlig, dass es dort **geboren** war und ohnehin nie etwas anderes gesehen hatte ...

DAS FESCHE PERSÖNCHEN (2)

Ein fesches Persönchen
träumte als Sultanssöhnchen
auf einem Silberthrönchen
im Massagesalönchen
von vielen Milliönchen.

Seit es gestorben ist, träumt es munter weiter,
ist jedoch inzwischen um einiges gescheiter ...

DER PAPST ALS NACHTIGALL

Sooft Papst Knallpopsch III. in den feierlichen Hochämtern seine Stimme zum Gesang erhob, war er von deren heiligem Klange, speziell in den höheren Registern, völlig berauscht und hingerissen – was ihn letztlich zu der Überzeugung führte, dass er nur als **Nachtigall** noch viel ***mehr*** Erfüllung fände.

Schade bloß, dass er für diese wahrhaft berückende Erkenntnis erst sein Amt antreten musste.

DER SARG ALS DAUERLÄUFER

Wiewohl an sich nicht eben sportlich, lief ein Sarg dennoch den ganzen Tag wie wild vor sich davon.

Kaum zu glauben, aber er hatte panisch Angst vor sich und seinesgleichen!

DIE SPORTLICHE LEICHE

Señor Alfonso Gaggamichl war selbst als Leiche noch ***so*** sportlich, dass er prinzipiell nur in und aus dem Sarge ***hüpfte***.

Darüber hinaus ***joggte*** er den ganzen Tag – sehr zum Schrecken der Besucher – durch das weit verzweigte Friedhofsarreal.

Und jedem, der ihn fragte, was ihm seine Figur wohl nütze in Anbetracht des **sonstigen** Äußeren, versicherte er im Brustton der Überzeugung: „Es ist nicht wichtig, dass man schön ist, wenn man dafür ***sportlich*** ist!“

DAS HOCHWÜRDIGSTE GESCHÖPF ODER

DIE SELBSTENTWEIHUNG

Hochwürden Gregorius Pumpernickel soff zum Geburtstag so viel Weihwasser, dass er sich selbst wieder ***ent***weihte – indem er platzte und hinab zur Hölle sauste.

Dort allerdings wurde er ***hochwürdigst*** empfangen ...

DER SAKRALE RÜLPSER

Hochwürden Adamiro Hundsfott rülpste so laut, dass die Teilnehmer des Gottesdienstes erschrocken zusammenfuhren und sich bekreuzigten.

Als er sie aber zum Abschied auf Lateinisch segnete, war die Welt wieder völlig in Ordnung für sie – bis zum nächsten Rülpser.

Und der kam gewiss ...

DIE WAHNSINNIGE KREATUR

Eine Kreatur war so wahnsinnig, dass sie ihr eigenes Spiegelbild nicht richtig deuten konnte – denn dieses gaukelte ihr stets nur einen hübschen jungen Prinzen vor.

Erst nach jahrelanger psychiatrischer Behandlung in einer geschlossenen Anstalt war sie dann endlich bereit, sich selbst – auch im Spiegel – als ***Ungeheuer*** zu akzeptieren.

Und wurde nunmehr als geheilt entlassen.

DAS DESASTRÖSE GESCHÖPF

Ein desaströses Geschöpf erschien beim Schneider, um sich zusammenflicken zu lassen. „Das schaffe ich ***nie***!“, kapitulierte er und schickte es zum Schuster.

„Aussichtslos!“, beteuerte der und schickte es zu einem namhaften Chirurgen.

„***So*** weit reicht selbst **meine** hohe Kunst nicht!“, stellte jener erstaunt und ernüchtert fest und schickte es gleich zum Totengräber.

„Was soll ich denn mit ***Ihnen***?!“, verwunderte sich dieser – und schickte es zum Fernsehen.

Dort machte es dann erstaunlich ***rasch*** Karriere ...

DAS KATHOLISCHE GESCHÖPF

Ein katholisches Geschöpf kaufte Gelbe Rüben und schabte sie erbarmungslos so lange, bis es sie zum Katholizismus bekehrt hatte.

Dann erst fraß es sie mit größter Genugtuung auf.

DER ERLAUCHTE GESANDTE ODER DIE LETZTE PREDIGT

Ein erlauchter Gesandter pochte an die Pforte des Dompfarrers Ernesto Schmalzknecht, der gerade hektisch mit dem Entwurf einer besonders grimmigen Sonntagspredigt befasst und nicht im Geringsten an einer Störung interessiert war. „**Verschwinden** Sie, wer immer Sie sein mögen, und kommen Sie ***nach*** meiner Predigt wieder – wenn Sie sich dann noch getrauen!“, brüllte er nur aufgebracht durch die geschlossene Tür. „***Gott*** hat Vorrang momentan!“

Gerade aber zum gewünschten Zeitpunkt hatte es der Gesandte nicht mehr notwendig zu erscheinen; bestand doch seine Mission eben darin, dem Geistlichen dringend ***abzuraten*** von seiner Predigt – die folglich auch seine ***letzte*** werden sollte auf Erden.

Und da, wo er sich **gegenwärtig** aufhält, ist er meilenweit davon entfernt, auch nur den **Ansatz** einer „Miniatur-Predigt“ halten zu dürfen.

Wohingegen ***er*** dort nun – ohne Unterlass – ein **Übermaß** hievon erfährt ...

DAS FAHRIGE GESCHÖPF

Ein fahriges Geschöpf fuhr den Leuten in die Wäsche – um sie danach entrüstet anzufahren, dass jene ***gar nicht*** abgefahren sei!

DER PÄPSTLICHE KANARIENVOGEL

Ein Kanarienvogel zwitscherte den ganzen Tag von der „Macht des Himmels“.

Nachdem ihn diese endlich zu sich berufen hatte, zwitscherte er plötzlich den ganzen Tag von der „Macht der Hölle“ (auf Erden).

Da sandte man ihn rasch wieder hinab – als Heiligen Vater.

Nun zwitscherte er sogar ***lateinisch***.

DER EWIG SUCHENDE

Gut drei Viertel seines Tages brachte Prof. Irenäus Wanderbart damit zu, sich selbst zu suchen.

Und hatte er sich dann endlich gefunden, verbrachte er den restlichen Tag damit, sich ***so*** gut vor sich zu verstecken, dass er sich auch am nächsten Tage wieder suchen musste ...

Printed by Books on Demand GmbH, Norderstedt / Germany